KB272086

눈이 길을 지우는 방식

눈이 길을 지우는 방식

시결시인선 01

눈이 길을 지우는 방식

송삼용 시집

쏠트라인
SALTLINE

어머니의 부엌

누군가의 기침

도시의 밤

그리고 바다와 산의 침묵.

눈이 길을 덮어도

누군가는 다시 그 길을 걸어간다.

오래도록 가슴에 남는

그 작은 흔적들을 길어 올린다.

차례

2부 1호선, 해연 아래서

1부

눈이 길을 지우는 방식

눈이 길을 지우는 방식

내일은 올라가자
아무도 재촉하지 않았고
나만 그렇게 말해두고 잠들었다

어스름부터
검은 머리 위 새치처럼
눈발 서넛 박히더니
밤새 세상은
말을 지웠다

설설 끓던 아랫목은
굴뚝에 체온을 빼앗기고
콧잔등 시린 아침
엉킨 낚싯줄 같은 머리칼
얼음에 닿은 쇠눈처럼 굳은 눈

밤사이

세상의 흰 것들
흰올빼미, 몰티즈, 오래된 침묵까지
이곳에 모여
장엄하게 눌러앉았다

마음만 앞세웠던 냉이는 잠기고
체온을 나누던 나무는 팔을 내렸으며
세월 묵힌 장독대도
날개에 얼굴을 묻은 왜가리처럼
멈춰 서 있다

집 나갔던 적막이 돌아와
숨소리마저 삼켰다

넉가래에 기대
한 줄 엉성한 길을 낸다
발목을 넘고

무릎을 향해 오르는
가라앉는 소리

태고의 고요가 이러했을까
강물에도 흔들림 없는 바다처럼
쓸어내도 닦아내도
하늘은 열리지 않는다

예고 없이
세계는 다른 빛으로 덮였다

뜬구름 하나 없이
가보지 못한 북쪽의 도시처럼
잊힘이 천천히 쌓였다

바람 잘 날 없던 숨바꼭질 끝
돌아보니

여기, 이 자리

늙은 감나무
어깨를 툭 치며
바람도 있어야 열매를 맺는다고

몸은
눈 속에 묻힌 말뚝처럼 서 있고
발을 잡아매는
흔적 없는 길

눈발이 하늘에 빗금을 긋는 동안
나는 올라가지 않는 몸으로
하루 속에 잠긴다

관념의 족쇄를 풀면

우리 민족의 시조
반만년을 이어온 단군

이 세상에 와서
돌아갈 때까지
지금, 이 순간에도
우린 한 치의 의심 없이
그를 단군 할아버지라 부른다

그런데
단군 할아버지는
처음부터 할아버지였을까
갓난아기일 적은 없었을까
청년 시절은 없었을까

흔한 풀잎조차
앞뒤가 다르듯이

생각을 뒤집고
피상을 의심하며
사물의 이면을 들여다보고
본질을 파헤쳐 본다

책갈피에서 나비가 날아간다는
발견처럼
우리가 놓친 세계가
그 앞에 있다

만학晚學

꽃이 피어나는 데에도 때가 있고
잎이 지는 데에도 뜻이 있다

배움의 길에 늦음은 없다 하나
이 찬란한 봄밤 끝자락에서
하얗게 번져오는 통증

무슨 부귀영화를 보겠다고

이름 모를 풀 한 포기
굳은 땅을 비집고
하늘을 배우는 일

그 뜻을 알아가는 재미
그뿐이면 되는 것

그럼에도

끝내 내려놓지 못한 것 하나
아직 남아
가슴에 박히는
꽃바람

만학의 고행, 무엇을 통과하는가

바람이 출렁이는 봄날
화전놀이 웃음이 담장을 넘는데
들뜬 마음만은 종이에 내려앉지 못하고
눈꺼풀은 자꾸만 다른 계절로 미끄러진다

평가일은 저만치서 손짓하고
붙잡힌 의지는 이를 물고 버티지만
책장 사이, 갸릉갸릉
나비의 숨이 집중을 흔든다

메뚜기처럼 튀어 오르는 문장들
방 안을 선회하다 흩어지고
글자 틈새마다 스며드는
가라앉는 한숨, 깊어지는 심란

만학의 조급함은 아랑곳없이
한 줄을 긋는 순간

유성처럼 생각은 스러지고
어둠은 이내 아침의 이슬이 된다

사서思緖를 가르는 고요 속에서
나는 무엇을 통과하고자 하는가
문밖, 새싹들은 재잘거리는데

생각은 눈처럼

그랬었지
그때는 그럴 수밖에 없었다고
혼잣말처럼 중얼거린다
옳지도, 틀리지도 않았던 하루가
느리게 뒤를 따른다

아침부터 비가 내렸고
해 질 무렵엔 진눈깨비가 되었다
눈을 치우라는 문자와
누군가를 찾는 안내가 울렸다
무음 속으로 가라앉는다
도시는 잠들 준비를 한다

창밖을 보다가
낮 동안 발에 땀이 나도록 걷던 내가 낯설어진다
이유를 접어둘수록
마음은 더 많은 틈을 낸다

명절이 가까워도
닿을 얼굴이 없고
떠오르는 이름도 희미하다
와이퍼가 유리를 밀어낼 때마다
시야가 잠시 맑아진다
서로의 선을 넘지 못한 채
평행으로 흘렀던 시간

가로등 하나가
어둠을 붙들고 서 있는 밤

부르지 못한 이름 하나
입술 위에 닿았다 사라지는 것

눈
계속
내림

흔적 없는 숨결

가는 걸까
오는 걸까
발자국 하나 남기지 않은 것들은
어디서 첫 숨을 얻어
어느 빛 아래서 자라는가

유리창에 맺힌 물방울 하나
아침을 품은 채
벽 위로 미세한 균열의 그림자를 더듬는다

한때 날카롭던 젊음
빛바랜 사진의 가장자리에서
물먹은 토담처럼 무너져 내린다

뒤척이는 세월의 호수 위를
소금쟁이 뛰어가고
조용히 번지는 동심원 속에

어깨의 묵은 기척을 하나씩 내려놓는다

어제와 내일 사이
내 곁에 머무는 것은
가냘픈 한 줌 숨결과
손끝에서 녹아드는 작은 온기뿐

가는 걸까
오는 걸까
흔적 없는 시간 뒤편에서
내 안에 스며드는
심장에 닿아 오래된 어둠을 녹이는
빛 한 줄기

눈이 지나간 자리에서

창가에 사락사락 눈이 내리고
군고구마 위에 배추김치 한 점

살얼음 동치미 국물에
무언가 떠 있다

지붕 위에 쓰렁쓰렁 눈이 쌓이고
무 구덩이 속 노란 숨이 식어 간다

잿빛 방앗간은
아무도 맡기지 않은 것을 빻고 있다

벌판 가득 펄럭펄럭
한때 신나던 개들은

낯선 울타리 곁에 묶여
짧은 목줄만 허공을 맴돈다

골목길에 눈이 쌓이고
그림자 발자국에 얼굴을 묻는다

돌아보면
비뚤비뚤 지나온 적 없는 자국들

아침 햇살에 발자국은 스며들고

암막 커튼 사이 푸른 빛

아무도 밟지 않은 자리

환해진다

둥근달을 기르는 밤

부르지 않아도
누에 실처럼 풀린 달빛이
창가를 매만질 때

빈 가슴 한복판에
소리 없는 슬픔이
차오른다

웃음을 남긴다
내 어깨에 걸린 밤들이
누군가의 잠자리가 되기에

암소 같은 눈망울들이
젖은 들판 끝에서
나를 올려다본다

맑아서 더 무거운 눈빛

외면하지 않는다
달이 기울어도
그 눈빛은 기울지 않으므로

솔바람이 댓잎에 머물다
바짓단에 이슬을 남기면
나는 그 젖음을 털지 않는다

이슬을 닦는 대신
풍란 향 같은
울음에 가까운 웃음을 연습한다

간밤 귀뚜라미는
울음으로 달을 불렀다

나는 침묵으로

둥근 달 하나를 기른다

여기, 이 하늘만큼은
밝게 걸어두기 위해

나는 오늘도
달을 내려놓지 않는다

고목古木*의 합장合掌
— 세월과 생을 묵묵히 지켜보며, 스스로 빛나는 존재의 성찰

적막 속
나는 오래된 그림자를 접어둔다
나이도 이름도 바람에 흩어진 채
깡마른 손가락 끝에 햇살이 졸고
발밑 낙엽은 바스락, 바스락 숨을 쉰다

언젠가, 잎마다 초록빛 속삭임을 걸고
연등처럼 웃던 날이 있었다
어둠 앞에서 볼을 붉히던 기억도 있다
밤바람은 은은히 불빛을 흔들며
웃음소리를 흩뜨린다

무심히 지나치며 모른 척하지만
여전히 상아탑을 지키는 나의
자긍심은 마디마디 새겨져 있다

지켜보는 일은 나의 천직
무거운 끌림은 가지 아래 쉬어간다
마음의 작은 생각 하나도
내 그늘 속에서 자리를 마련하고
바람이 지나는 소리를 듣는다

어깨는 점점 무겁고 등은 구부러진다
또 하나의 내력이 가슴 깊이 새겨진다
내년 봄 재잘거릴 작은 움을 기다리며
하늘에 닻 내리고 정박한다

지하철역이 끊임없이 삼키고 뱉는 동안
찰나에 허공을 갈라 속살을 엿보았을 낙엽이
바람에 실려 흩어지고
사라진 웃음과 발자국이 남긴 잔향이
땅과 공기 사이에 떠돌고 있다
그들은 어디로 가는가

끝없는 길 위에서 무엇을 찾는가

나는 바라본다
속살의 숨결이
세상 구석구석으로 스며들기를
낮은 곳의 눈물도 어루만지기를
모든 존재가 제 안에서 빛나기를

그리고 나의 가녀린 팔은
가만히
바람과 햇살과 작은 소리를
다음 봄을 위해 품어 안는다

* 동국대 문화예술대학원 문화관 앞 느티나무.

자석과 철의 하루

자석이 미세하게 떨린다
철의 중심이 흔들린다

끌림은
소리 없이 시작된다
닿지 않아도
방향은 정해진다

자석은 끌어당긴다
그러나
온기를 주지 않는다

철은 붉게 변하며
쓰러질 듯
다시 선다

일어서는 쪽은

늘
철이다

집으로 향하는 길
문 앞의 정적
보이지 않는 시선

통과

고지서의 숫자
높은 문턱
날 선 이율

철은
각도를 낮춘다

계절이 한 번 더 지나도

중력은 변하지 않는다

오늘도
자석은 움직이지 않고
철만
가까워진다

잠시

멈추지 못하는
금속

참나무, 고요한 결

눈보라에도
태풍에도
굽힘 없이 서야 했다

속살을 파고드는 풍뎅이
휘감는 넝쿨
지나는 바람까지
모두 품으며
계절 없는 흔들림 속에 서 있었다

갈퀴처럼 야윈 마디마다
차가운 냉기가 흐른다
그간 품었던 모든 것들은
매번 바람에 흩어지고

옹이가 박힌 자리마다
정을 떼고

생을 털어내며
잠자리는 빈 가지 끝에서
맴돈다

참나무는
꼿꼿이
침묵으로 말한다

살아 있음의 무게
흘러간 시간의 고요
그리고
버텨낸 모든 날의 흔적을

문턱의 숨

젖은 숨결이
복도를 달린다

이름조차 불리기 전에
닫힌 문들이 하나둘, 등을 돌린다

오늘은
받을 자리가 없습니다

서릿발 같은 말 한 줄이
가냘픈 엄마의 손을 놓친다

시리고 차가운 그 한 줄에
심장이 움츠러들고

생과 사의 문턱에
한 아이를 세워 놓는다

구급차 불빛만
창밖에서 오래 흔들리다
결국 어둠 속으로 숨어들고

히포크라테스의 문장은
현관 모퉁이에서 찢겨 흩어진다

누구의 죄인지
누구의 탓인지
답답한 가슴만 오랫동안
숨으로 더듬는다

나는
누구에게 죄가 되는 것일까

적멸의 밤, 산사는 말이 없다

잿빛 하늘이 노르스름해질 때까지
골짜기 금강송 가지마다
눈은 숨결처럼 내려 쌓인다

대웅전 용마루 위
본존불의 고요한 어깨 위에도
밤을 비워 넣는 듯
하얀 적막이 깊어진다

막 잡아 올린 숭어처럼
바람 한 줄기 스치면
눈발은 승무의 옷자락처럼
가볍게 떨리며
정적 속에 춤춘다

해우소로 향하는 길
잠시 틔워놓고 돌아보면

덮인 만큼
지난 허물도 함께 덮여 사라진다

꿩 울음 멎은 산사에서
솔가지 비명이 스치고
가느다란 촛불 떨림이
가슴 깊은 곳까지 파문을 남긴다

홍매화 봉오리 오르고
작설차 향기 은은히 퍼지니
있는 듯 없는 듯
산사의 풍경이
서서히 마음의 풍경이 된다

들창 밖 사락거리는 기척
산새는 이 밤 어디에 머무는가

2부

1호선, 해연 아래서

신입사원

평생 붙들고 지켜 온

작은 일터 하나

내 손보다 먼저
늙어 간 문손잡이

그 문을

오늘
아들이 연다

서툰 구두 소리

바닥이 먼저
알아본다

나는

말을 아끼고

등만 본다

그 등이

조금씩
일터의 크기가 되기를

1호선, 해연 아래서

막차는
도시의 가장 낮은 숨으로 내려가
검은 물을 가르며 나아간다

은빛 뱀 선로는
빛을 잃은 생물의 척추처럼
미세한 떨림을 품고
밤의 무게를 견딘다

늦은 시간
스크린도어를 지난 그림자 하나
자기보다 오래된 피로를 내려놓는다
좌석은 아무 말 없이
그 무게를 받아 준다

손잡이마다
보이지 않는 별들이 매달려

각자의 중력을 흔들고
그 아래
두꺼운 껍질 속의 얼굴들이
조용히 호흡을 고르며
멀어진 하루를 내려놓는다

맞은편의 청춘 하나
금이 간 달항아리처럼
흰빛을 새며 흔들리고 있다
구겨진 하루가
입술 사이로 스치듯 빠져나가
울음인지 파도인지
끝내 구별되지 않는다

의미 잃은 말들이 공중에 떠돌고
뜨거워지는 숫자들
줄어드는 이름들

어디에도 닿지 못한 약속들
어깨가 숨을 죽인다

이 흔들림은
너의 탓이 아니다
세상은 종종
빛나는 것을 향해 돌을 던지고
새싹의 무릎 위에
자신의 무거운 그늘을 드리운다

오늘은
그 돌들을 내려놓아도 된다
들지 않아도
아무것도 무너지지 않는다

열차는
검은 골짜기를 지나며
고단한 마음의 파편들을 흘려보낸다

해연 깊은 곳에서
그 조각들을 삼키고
다시 고요로 빚어낸다

밤은
아직 오지 않은 빛을
가슴속에 숨기고
아침은
가장 금이 간 자리에서
시작된다

이번 역은 끝이 아니라
내려도 되는 자리
문이 열릴 때
잊지 않고
멍든 마음의 파편만은
두고 내리기를

사랑에도 등급이 있나요

집 안에는
늘 한쪽으로 기운 그림자가 있다
먼저 기울고
나중에야 말이 따라오는 그림자

딸의 발소리가 들리면
식탁은 그쪽으로 밝아지고
숟가락은 빛을 향해 놓인다
아내는 그 빛의 바깥에서
물을 채우고
온도를 맞춘다
그 손끝에
작은 저녁이 내려앉는다

병실의 밤
아내의 그림자가
어머니의 숨결에 맞춰 길게 눕는다

“따님이신가요.”
낯선 물음 하나가
어깨 위에서
가볍게 흔들린다

아내의 말이 방 안에 떨어진다
“저도 누군가에게는 귀한 사람이었어요.”
그 말은
바닥 가까이에서 멈추고
나는 그 멈춤을 건너가지 못한다

사람의 마음은
기울어지기 쉬운 잔일까
먼저 마르는 쪽이 있고
비워졌는지도 모르게
깨끗해지는 쪽이 있다

어머니의 손을 잡는다
손등까지 오지 못하고
중간에서 식는 말
작은 온기 하나만
남는다

집은 여전히 기울어 있다

그 기울기 옆에 위태로운
그림자 하나

이유 있는 고집

한 뚝심 하는 당신
평생을 뜻대로 살아온 사람의
심성은 차돌처럼 단단하다

내 손이 거치지 않으면
마음이 놓이지 않고
누구 말도 바람처럼 흘린다

하루가 다르게
숨은 하늘에 차오르는데도

"누가 뭐라 그래, 난 괜찮다"

부들거리는 다리에도
비척대는 걸음에도
부축은 끝내 허락하지 않는다

한겨울 추위에도

평생 터전을 떠나지 않겠다는
당신의 침묵은 고집이 된다

끝내 척추가 부러진 밤에도
답답하다며 복대를 풀고
병상에서 내려서다 넘어지고
피 묻은 바늘을 뽑아내며
당신은 또 당신을 산다

"병원비가 얼마니?"
아픔보다 먼저 계산한다

우리는 당신의 가게
오십 년 묵은 먼지를 털어낸다
"괜히 와서 고생한다"
담배표만은 남겨달라던
당신의 손끝

돌아온 당신은
다시 텃밭으로 나가고
풀 한 포기를 허락하지 않는다

"한 번 넘어지지 두 번 넘어지랴"

그 말이
자식들을 더 두렵게 한다

기어코 세 개의 척추가 더 무너진 밤
숨이 가쁜 와중에도
"밥은 먹었냐"

집에 가고 싶다 하면서도
눈은 자식들 얼굴부터 훑는다
힘든 기색이 보일까 봐

일곱 남매여도
선뜻 내미는 손은 없다

당신은
짐이 될까 봐
끝내 아픈 몸을 일으키고

우리는
당신이 짐이 될까 봐
끝내 등을 돌린다

굶주림과 불안을 견디며
우리를 키워낸 당신의 고집

그러나 안다
그 고집 속에는 늘
자식들 몫의 내일이 있었다는 것을

삶을 실은 바퀴

아카시아 향 가득한 아침
유모차에 기댄 어머니가
마른 손끝으로
고물상 차를 세우신다

신바람에 밀려 멀어지는 리어카
그 바퀴 끝을
하염없이 바라보시는 눈길
한동안, 멀어지는 바퀴 소리만
마당에 머문다

하지감자 뿌리에 매달린
콩알만 한 감자 알갱이처럼
어머니의 치마폭엔
늘 배고픔이 매달려 있었다

불 삼복 날의 후끈한 길 위에서

미끄러지는 고무신을 다독이며
새끼줄을 조여 묶던 손
눈 덮인 신작로 십 리 자갈길 위를
허기보다 먼저 걸어가던 사람

그 길은
어머니의 숨을 먼저 닳게 했고
리어카는 그 숨을
끝까지 실어 나르던
묵직한 하루였다

허기가 등을 파고들어도
목을 긁어오는 신물조차
자식들 풀죽 한 숟갈 앞에서는
말없이 비켜섰다

냉수 한 사발로 숨을 다려
그날의 힘을 붙잡아 올렸다

그렇게 이어지던
어머니의 리어카

평생 밥줄이자
몸의 그림자처럼 따라온 리어카가
지금은 마당 한 귀퉁이에서
굽은 손잡이만 남긴 채
세월의 먼지 속에 가라앉아 있다

그 굽은 모양이
어머니의 등줄기와 닮아
한 번 더 마음을 저미게 한다

어머니는
아카시 잎을 하나씩 떼어내듯
정을 아주 조금씩
손에서 놓는 연습을 하신다

눈 끝의 허기

칼날 북풍이 호시탐탐
부지깽이도 한 손 거들어야 하는 때
지게 다리 끌리는 작은 몸집
서쪽 십 리 리어카에 매달려
산그늘로 숨어든다

어설픈 낫질
낙엽 위에 혈화가 피고
고추장에 찬 시냇물 휘휘 풀어
깡보리밥 말아
허겁지겁 허기를 밀어낸다

등 뒤로 긴 그림자
리어카엔 헐거운 밧줄이 흔들리고

낫 빼앗기고 울보채던 날도 있다
산촌 이장 댁 불빛 환해질까

리어카는 조마조마하고
식은땀, 진땀이 범벅이다

삽작문 안, 앙증한 나뭇단 풀어 놓고
어깨의 별빛 툭툭 털어내면
그제야 비릿한 바다 내음
처얼썩 안기어온다

환한 엘이디 등 아래
배는 고프지 않는데
허기가 진다

힘 부친 날이면
어릴 때 나무하던 기억 풀어내고
고추장에 찬물 휘휘 저어
하얀 쌀밥을

비문증, 그 떠다니는 점

분명 무언가 스친다
저녁 빛은 물속처럼 흔들리고
작은 시침 하나가
바람 없는 방을 헤엄친다

눈을 비빈다
손끝에서 사라지는 금하나
지워진 줄 알았던 땅의 경계가
잠시 되살아났다 사라지는
미세한 떨림

안과의 흰 복도에 눈을 맡기고
며칠을 돌아오니
망막 속에서 누군가가
조용히 걸음을 옮긴다
잊혔던 도돌이표가
빛의 가장자리에서 반짝인다

나이 때문이라 했지만
어머니의 맨눈은
어두운 활자를 꽃잎처럼 읽어내는데
나는 여전히 일렁임에 머문다

너는 누구냐
멈추면 흐르고
가만두면 스스로 휘어지는
작은 어둠의 기척
빛이 없는 방향으로만
느긋하게 지워지는 너

팔 층의 공기는
깊은 우물 같아
너는 그 속에서 가볍게 떴다 가라앉는다
화분 흙 사이로

한 점의 검은 씨앗처럼 솟았다가
바람도 없이 사라지는 너
어제의 너인지
새로 깃든 그림자인지

밤이면 방안 전체가
느린 숨결로 부풀어 오른다
천장 가까운 어딘가에서
또르르 작은 별이 굴러가고
나는 그 소리에 맞춰
눈을 뜨거나 감거나 한다

신발을 털다 보면
모래가 아닌
꿈에서 흘러나온 조각들이
아직 남아 있는 듯하다
너는 그것들 사이에 숨어

다시 한번
내 안으로 들어온다

흘러가는 밤의 틈

열 시 오십팔 분
술기운이 잠깐 꿈틀한다

말은 말 위를 떠돌고
내 마음은 전철 창가에 붙어
어둠을 따라간다

지나간 순간은
그저 거기, 그대로

환절기,
만두소처럼 부풀던 생각이
빈 의자를 밀어내고

건너편 창에 흔들리는 얼굴 하나
다시 마주칠 확률은 없다

막차의 뒷바퀴에
어둠이 길게 달라붙는다

팔 층 창문 틈,
새어 나오는 불빛 하나

시간은 흘러가고
나는
틈에 남는다

초인종의 온기

잠결에
뱀이 꿈의 가장자리에서 몸을 말아 올린다

마른 혀 핥는 소리가
벽지의 무늬를 지울 때
나는 어둠을 더듬으며 깨어난다

수도꼭지를 트는 순간
샤워기에서 뜨거운 물이 쏟아지고
잠의 껍질이 부서진다
문틈으로 빠져나간 꿈의 잔해

낯선 벨이 울린다
쇠심줄 같은 울림이
몸 깊은 곳을 건드린다

천정은 누수로 웅크리고

낙숫물은 탁, 톡, 탁 ─
겨울의 속살을 두드린다

문 앞에서
서늘한 얼굴 하나가 숙이고
짧은 말 한 줄이
공기를 데운다

전등은 떼어내고
천정은 마를 것이다

회전문이 천천히 돈다
겨울이 돌고
어둠이 돌고
작은 불씨 하나
문 안에 남는다

어스름이 아침을 스칠 때

어스름한 빛이
문턱을 넘는다
한 줌 흩어지는 이슬
막 얼굴을 드는 것들이
소리를 내기 전

구름 속으로
가라앉는다

처마 끝 낙숫물
잠을 건드리고
남쪽에서 온 바람이
지붕을 두들긴다

산의 안쪽
강의 그늘진 바닥
묵은 숨

뒤집히는 순간

파문이 먼저 퍼지고

방향을 잃은 것들이
사방으로 흩어진다

울타리를 넘은 물
들판을 가로지르고

멀리 발걸음들은

아직

장무상망 長毋相忘

겨울바람 속, 너와 나
회색 하늘 아래 소나무와 측백이 흔들리네
삭풍이 몰아쳐도 푸른 잎 꿋꿋하고
눈 덮인 숲길에도 마음은 닿네

멀리서 보내온 작은 마음 하나
흰 눈 위 꽃처럼 내려앉아
너의 정, 나의 고마움
서로 잊지 않겠다는 약속이 되고

겨울 햇살 아래 굽이치는 그림자
삶의 무상과 세상의 흔적 스치고
푸른 송백만 남아 변치 않는 마음 말하네

멀리 떨어진 길 위에도 흔적이 남아
기억 속 이름 하나, 마음의 소리 하나
세한 연후 드러나는 푸르름처럼

우리 남긴 정, 세월을 견디리

친구여
오래도록 서로 잊지 말자
눈 덮인 세상 속
푸른 송백이 되어 남으리

목면, 수행의 기록

문장의 문을 연다
서원誓願 하나 품고

묻지 않으면
초심은 사라진다
매일 다시 들어선다

목면의 바람은 무겁다
천년이 가라앉은 공기 속에서
문장은
도토리묵처럼 굳어진 채
머릿속에서, 가슴 속에서
탱글 거리며 부딪친다

바위는 말하지 않지만
자리를 지킨다
인내는 미덕이 아닌

방법

밤과 낮이 엇갈릴 때
의심과 깨달음을
한 줄에 새기며
천 번을 깎는 바위 곁에서
새벽을 맞는다

버티는 힘이
문장이 되어
지면의 가장자리에서
숨을 고른다

행간에 앉아
다음 문장을 기다린다

질타가 옥고처럼 내려도

그 무게만큼
깊어지는 사유

목멱의 탑을 스친 바람이
하늘을 밀어 올릴 때

안다
문장은
저절로 오지 않는다는 것

밤을 닳게 한
손끝의 가루

처음 품었던
그 서원으로

다시
문장의 문을 연다

먼 별에서 보내는 안부

누리호가 날아올랐다
꿈과 기대를 품고
환호성을 뒤로한 채

Hello,

How have you been?

Come visit when the time allows;

You are always welcome.

Let us be friends.

멀리 61억 킬로미터에서
고개를 돌린다

검은 원단 위
작은 점 하나가 웃는다
웅장하고 겸허한 자화상

태초의 단세포 아메바는
오늘도 진화를 꿈꾼다
작은 푸른 별 위
우리의 존재가 서로를 비춘다

너와 나
그 자체로 기적

안부를 전한다
멀리서, 그러나 가까이

3부

기침으로 남은 사랑

어머니의 부엌

강낭콩 섞은 밀가루 범벅
양념간장 적셔 먹던 수제비

아랫목에서 부풀던 찐빵

식초 향이 먼저 서는 냉국수
김 오르는 국수 위에
노른자 하나

호박을 밀어 넣은 칼국수
아무도 찾지 않던 물곰국

말려 찌고 삶아 내던 것들

보리밥 위에 얹은 나물
무채를 섞어 비비던 밥
신김치 올린 묵

눈 오는 날
군고구마 위에 얹던 김치
살얼음 낀 그릇 하나

동지섣달
길게 씹던 것들

생고구마
무

불 앞에 선 한 사람

부엌을 맴도는 눈들

하루가 먼저 닳고
세월이 먼저 타고

백발만 남기고
불을 떠난 손

도마하나

남아

어머니의 귀

어머니의 귀는
세상과 멀어지고 있다

바람처럼 건네는 말은 닿지 않고
울음처럼 던져야 겨우 돌아본다

나는 매번
소리를 높여 부르며
스스로를 찢는다

속 모르는 사람들은 말한다
부모에게 악을 쓰는 불상놈이라고

아무래도 좋다

내 목소리가 다 닳아 없어져도
어머니가 하루 더

이 세상에 머문다면

나는 오늘도
사랑을 외친다

아버지의 망치

아버지의 손에는
항상 하나의 무게가 붙어 있다

팔월의 빛
눈을 들기 어려운 시간
하얀 가루가 날리고
하늘 쪽으로 올라간 푸른 줄이
다시 내려온다

탕탕, 쩍쩍

돌은 금이 가고
금은 소리보다 먼저 번진다

갈라진 면마다
먼지가 일고

아버지는
한 번 더 내리친다

채찍

돌은
리듬을 남긴다

옆에서 아이가
바람을 보내고
눈에 담는다

불이 붙기 전의 숨

돌 하나
망치 하나

같은 자리에

먼저 닳는 것

비 스미는 장독대

뒤뜰에 비가 스미면
개망초가 먼저
고개를 숙인다

하얀 꽃잎 몇 장이
젖은 장독대 뚜껑 위를
스친다

도랑가 봉선화 붉은빛이
물안개 속으로 녹아들고
장독의 어깨를
살포시 감싼다

묵은장 속에서
숨결이 올라온다

고추장 간장 된장

짠맛이
비에 번진 삶의 그림자를 지운다
빈 장독 안, 거미줄 사이로
미약한 빛이 흔들리고

깨우지 못한 마음이
장독대 위에 남아
오래도록 머물고 있다

명치끝의 장맛비

낙숫물이 고막을 두들긴다 먹장구름은 난타 공연을 벌이
고, 장독대에는 물안개가 피어오른다 뒤란 감나무는 온몸
으로 장대비를 맞으며 떨고 있다

공연장 뒤편 대기실에 홀로 남겨질 어머니보다, 눈 뜨자
마자 어떻게 가지? 자신부터 앞세우는 자식 놈을 뭐가 그리
예쁘다고 이런 날씨에 어떻게 가누, 자식 걱정 앞세우는 당
신, 장침을 명치끝에 맞은 듯 아릿하고 묵직한 돌덩이가 매
달린다

오늘 같은 날은 한세월 홀로 어머니를 모셔 온 누옥도 여
기저기 저리고 쑤시고 아프다 방에서 우산 쓰게 생겼다고,
전기 누전이라도 될까 봐 조바심을 친다

현관 천장 아래에서는 양동이 연주가 앙상블을 이루고,
변비 걸린 배수로가 용을 쓴다 마당에는 때 아닌 금붕어 놀
이터가 생겼다 지붕 수리 기술자를 불러야 하지만, 이 날씨

에 출장 올 리 만무하고 온다 해도 일이 될 리 없다

난타 공연은 끝 모를 열정으로 치닫고, 바람은 처마 끝을 휘돌아 창문을 흔든다 더는 늦출 수 없는데, 올라가야 하는데, 애꿎은 엉덩이만 들었다 났다, 차 키를 만지작거리는 마음이 시끄럽다

가출한 전기는 돌아올 줄 모르고, 똬리 틀고 눌러앉은 냉기만이 주인 떠난 방에서 차가운 웃음을 흘린다

밤새 안녕이라더니

눈물은 나오지 않는다
눈시울만 타오르고
가슴이 막혀
숨 대신 뜨거움이 오른다

밤새 안녕이라 했다
어제까지만 해도
숫자보다 빠르던 맑은 정신과
잡초처럼 질기던 생의 의지가
오늘 한숨 한 번에 꺼졌다

한 가정을 세우고
세월을 떠받치던 사람
지금은
밝음과 어둠 사이
기억이 지워진 벼랑 위에서
백발의 아이가 된다

집을 떠나면
그 길이 곧 끝이라 믿는 당신
평생 붙들고 산 터전에
닻을 내리려는 일생

텃밭도 숨을 멈춘다
하늘도 무너져 내린다
빗물만
소리 없이
하늘과 땅을 적신다

백발의 아이가
빗속을 건너가는 중

기댔던 사람

아내 얼굴 제대로 보지도 못한 채
허겁지겁 현관을 박차고 나서는 아침
밥 냄새보다 먼저
시간에 쫓겨 등을 보인다

늘 그렇게 하루에 떠밀려 나서고
파김치가 된 몸
밤이슬 묻힌 신발로 문을 열면

불 켜진 거실 한가운데
아무 일 없다는 듯
그 자리에 서 있는 사람

"왔어요?"
그 한마디에
쌓였던 하루가 스르르 풀린다

어쩌다 그 사람이 없는 날이면
집은 갑자기
숨을 멈춘 생물처럼 차갑다

전등을 켜도 밝지 않고
발소리를 크게 내도 울림이 없다
남의 집에 잘못 들어선 사람처럼
나는 괜히 방문을 하나씩 열어본다

학교에서 돌아와
엄마를 부르다 멈춘 아이처럼
괜히 냉장고를 열어보고
괜히 텔레비전을 켜본다

아무도 없다는 사실이
이렇게 크게 들린 적이 있었던가

왈칵 명치끝이 꺼지고
목젖이 저리도록 무엇인가 차오른다

나는 그제야 안다

세상을 버텨 온 것은
내 어깨 힘이 아니었다는 것을

하루를 견디게 한 건
내가 아니라
저녁마다 불을 켜 두고
문 쪽을 바라보던
그 사람의 기다림이었다는 것을

그 사람이 없는 집에서
나는 비로소
기둥이 아니라
기댔던 사람이었음을

누님은 먼저 내리는 사람이었다

무정차 직행을 세워
등굣길 콧물 묻은 동생을 태우던 사람
신작로 먼지 위에
자기 몫의 시간을 내려놓고
표 끊는 법부터 배웠던 소녀

기다리는 동생을 위해
앞 버스 먼지 자욱한 등 유리창에
손가락 글씨를 써 보내고
지나는 길에 주머니에서
녹아내린 사탕을 꺼내
아무 말 없이 쥐여 주던 사람
차창에 흔들리던 아침보다
동전 몇 닢의 무게를 먼저 알았다
나는 손잡이만 붙잡고 해맑게
차창 밖 움직이는 세상이 신기해 웃었다

솔잎 끝 이슬을 삼켜
하루를 넘기고
손바닥만 하늘을 접어
가슴에 넣고 살았다
시집 문턱엔
산 그림자가 깊었고
누님은 말보다 먼저
허리를 낮추었다

마을 사람들은
효부라 불렀지만
그 말은 밤마다
등 뒤에 남아
한 겹씩 쌓였을 것이다
시어머니 마지막 숨 사이로
"미안하다"는 말이 흘렀을 때
누님은 그 손을 오래 놓지 않았다

삼 년의 흙이
옷자락에서 떨어진 날
자식들 등을 하나씩 밀어 보내고
누님은 다시
자갈밭에 몸을 눕혔다
갈퀴 같은 두 손에
이웃의 하루를 올려두고
골짜기는 소리 없이 차올랐다

처음 그 골에 갔을 때
동생 손 좀 잡아보자며
"얼굴 보여 주어 고맙다 고맙다"
오래 들여다보던 사람

떠나는 날
한 바가지의 눈물을 길며

하염없이 길 끝에 서 있던 사람

전화를 끊기 전
늘 수화기 너머로
따뜻한 숨 하나 남겨두는 사람

부르지 않아도
내 곁에
건너와 있는 누님

같은 흙 위에서

떠오르는 쪽으로
씨앗 하나 묻는다

마을 어귀
당산나무 아래

두 손을 모은 사람
고개를 숙인 사람

바람은
말을 가리지 않고

햇살은
이마를 가리지 않는다

같은 흙 위에

서로 다른 손

먼저
잠든다

가을 하늘, 당신에게

가을입니다
산하가 붉게 흔들리고
흰 구름이 느리게 흘러갑니다

햇살은 여전히 눈부신데
당신은 하늘 길을 홀로 걸으셨지요

편히 도착하셨나요?
정토의 뜨락은 걷기 좋으신가요?

저는 여기
바람 속에서 당신의 그림자를 따라
조용히 숨을 고릅니다

단풍은 여전히 붉고
하늘은 깊고
햇살은 여전히 따사롭습니다

하지만 당신이 머무는 곳은
그보다 더 환하겠지요

내년 이맘쯤
정토가 아무리 좋으셔도
잠시 다녀가셔요

오셔서 가만히
촛불
흔들어 주셔요

아버님 전상서

아버님, 내일모레가 기일입니다
삼십 년이 넘도록 한 해도 거르지 않고 찾아뵈었는데
올해는 처음으로 아버님 앞에 잔을 올리지 못합니다

지난 토요일, 어머님도 뵙고 제수 장만하러 속초로 향하던 길이었습니다 그때 차 안을 갈라놓듯 울려 퍼진 전화벨, 입원 중인 당신 손자가 코로나 확진으로 격리병동으로 옮겨야 한다는 병원의 다급한 목소리였습니다 내린천 휴게소에서 차를 돌리며 심장이 먼저 무너져 내렸습니다 불안이 핏줄을 타고 온몸으로 번져 손이 떨리고 숨이 가빠졌습니다 작년 여름, 백신 접종 이후 악화된 대장염으로 아이의 삶은 병실이 되었고 일터는 떠나야 했습니다 "인과관계는 확인되지 않습니다." 병원은 늘 같은 말만 남기고 우리는 매일 다른 눈물을 흘렸습니다 그 후로 백신은 두려움이 되었고 아이의 하루는 조심 위에 조심을 쌓는 살 얼음길이 되었습니다 아이 엄마는 음식 하나에도 마음을 깎아 넣고 도시락 하나에 기도를 싸 넣으며 아이를 세상과 떼어내 살렸습니다 그런데 병실에서 감염이라니요 아이 엄마는 건드리기만 해도 무너질 얼굴로 숨만 쉬고 있고 면역력 없는 아이는 사십 도를 넘나드는 열에 몸을 태우며 버티고 있습니다 얼굴 본 지도 보름이 넘어갑니다

아버님, 저희 고성에는 집안에 우환이 들면 제사를 미룬다는 말이 있고 죽은 이보다 산 사람이 먼저라는 말이 있으며 조상 산에 술을 올릴 때도 먼 조상보다 가까운 조상부터 잔을 올린다 했지요 올해는 그 말에 마음을 얹어 아버님께 핑계를 빌려봅니다

아이의 숨이 먼저라
아버님을 마음으로만 모십니다
내년에는 건강해진 손자의 손으로 잔을 올리겠습니다
그날까지 아버님께서 아이를 지켜주세요

기침으로 남은 사랑

어릴 적, 외갓집 문턱에 서서
장대비를 향해 오줌발을 겨누면

허허, 그놈 오줌발 실하다
도롱이 쓴 외할아버지의 웃음이
비보다 먼저 쏟아졌다

밤새 기침으로 몸을 접고 펴다
새벽이면 굽은 등에 지게를 얹고
삽 한 자루로 하루를 들어 올리던 사람

논물 보러 가는 발자국마다
가난이 먼저 젖어 있었다

손님 드는 날이면
막걸리 주전자를 흔들어 따르게 하며
이놈이 외손주여
재옥이 아들

그 말끝에
이름보다 깊은 침묵이 매달렸다

재가한 딸의 어린 아들을 바라보는
외할아버지의 굽은 등

그날 밤
달빛이 창턱을 넘도록
기침은 멈추지 않았다

창밖으로 빠져나가지 못한 숨

가슴에 남은
마른
울음소리

기침

부치지 못한 편지

늦은 비가
창문을 오래 두드린다

길 잃은 짐승처럼
밤이 숨을 고른다

젖은 유리창에 이마를 대면
버텨 온 날들이 손에 잡힌다

돌아갈 곳이 있다는 말로
나는 오래 허기를 채웠다

이제는
문이 닫혔다

불 꺼진 방처럼
기다림이 먼저 식고

울 자리를 찾지 못해
목 안으로만 밤을 삼켰다

달빛은
아무 일도 없다는 듯
마당을 건넜다

목소리가 담을 넘을 때도
멀리서 온 자식이라며
끝내 등을 두드리던 손

그 온기를
나는 놓쳤다

오늘따라 달이 밝다

창을 넘는 빛이

방 안을 훑고 지나가면

묻어 둔 말들이
몸을 일으킨다

어머니,
손주는 장가를 들었고
집안에는 웃음이 번집니다

당신이 없는데도
그 자리는 비워 두었습니다

서운하던 딸아이도
사람들 속에서 웃고

말없이 풍랑을 건너온 에미
그 곁에 이제 제가 서 있습니다

늦게 시작한 것들도
끝에 닿고
더는 붙잡지 않습니다

작은 마당
흙을 만지며
조용히 하루를 말리고 싶습니다

당신이 일구던 집은
잡초가 먼저 자랍니다

그 자리에 가서
참았던 숨을 내려놓겠습니다

이제는

제가

4부

백도, 고독이 하얗게 쌓인 섬

뎅마, 바다 위의 숨

한동네, 한날한시에
향불이 하나씩 타오르고
은은한 연기가 바람 따라 춤추네

남겨진 사람들,
발끝 모래 속에 숨죽이고
바람 속에서 서로의 숨결을 느끼네

뒤란, 앵두나무 붉은 열매
햇살에 젖어 눈물처럼 반짝이고
바람이 스치는 가지마다 속삭임이 흐르네
잎사귀 흔들릴 때마다
바닷가 파도 소리 멀리서 답하네

어제, 작은 목선 하나
거센 풍랑 속에 잠겼고
바다는 깊은숨을 들이켰다가 내뱉었네

오늘, 햇살이 물결 위를 어루만지고
덴마* 다시 떠올라
물결 위에서 숨을 고르네

바다와 사람, 삶과 죽음
한숨 안에 이어져
천천히, 그러나 확실히 흐르네

바람 따라, 물결 따라
덴마, 바다 위에 숨 쉬네
그 소리, 파도에 실려
먼 하늘까지 울리네

* 강원도 영북 지방의 노를 저어 다니던 작은 목선.

바다를 밭 삼아 1
— 미역 널밭

아침 일곱 시
어촌계장의 손이 하늘에서 떨어지면

용수철처럼
배들이 튀어 오른다

노 젓는 소리로
백도 너른 바다가 출렁이고
큰 배 작은 배가 겹쳐 흐른다

눈부신 백사장에
가마니가 파도 넘치듯 펼쳐진다

큰 배는
엑스 낫 매단 그물틀로
바다를 끌어안고

만선이 될 때까지
동작은 끊기지 않는다

양망기 움켜쥔 두 손
핏줄이 푸르게 솟고
소금꽃이 얼굴 위에 핀다

뎀마는
수경을 입에 물고
긴 낫으로
검붉은 미역만 건져 올린다

값은 조금 더 좋지만
등은 점점 굽고
허리는 바다처럼 휘어진다

뱃전에 물이 찰랑이며

배가 돌아오면

바다만 바라보던
아낙네들의 숨이 바빠진다

미역을 실은 리어카가
절버덕 지나가고
백사장은 널기 전쟁이 된다

햇볕 따가운 오월
미역 농사는
바다와 육지가 동시에 끓는다

밥 한술 뜰 새 없이
다시 노를 돌리고

해지기 전

한 번이라도 더 끌고
한 번이라도 더 담근다

보리가 누렇게 익고
남풍이 불면

한 달 내내 바다는
일 년 치 살림 거리를 쏟아낸 것

해당화까지 따라 웃는 백사장엔
허리 펼 새 없던 노부모님

장날 기다리는 마음이
해당화처럼 붉게 부푼다

바다를 밭 삼아 2
— 송암 장터

목 빠지게 기다리던 송암 장날

미역 스무 장씩 묶은 단을 싣고
리어카는 바람처럼 달린다

흐트러질세라
부러질세라
가마니 속 두 줄로 눕힌 바다를
뒤집고 또 뒤집고
비 맞을까 덮고
햇볕 들까 벗기며
그늘 없는 백사장
봄볕에 얼굴을 말리던 날들

오늘,
한 달간의 노고가 보상되는 날
시장 어귀

미역 단이 산처럼 쌓이고
흥정은 끓는 가마솥처럼 넘친다

갚을 이름들이
하나둘 떠오르고
손에 쥔 몇 장의 지폐만큼
다섯 손가락이 모자란 하루

막걸리 한 사발에
구릿빛 얼굴이 환해진다
내일은 이웃 교암장
오늘보다 나을까

돼지고기 두어 근
검정 고무신 한 켤레
사탕 한 봉지

빈 리어카가 덜컹거리며
마을로 들어서면
아이들 눈빛이 먼저 달려온다

나일까
사탕일까
아무렴, 어떤가

오늘은
바다를 팔아
삼백 예순 날 중
돈 냄새 맡은
귀한 하루

바다를 밭 삼아 3
— 미역 낚시

진부령을 넘어온 바람이
눈보라를 몰고 온다
집어삼킬 듯 파도가
얼음 덮인 바위를 물어뜯고
버티고 선 대나무 장대 하나로
바다와 맞선다

집채만 한 검은 물결이
바닷말을 토해내면
쫓고 던지고
또 던진다

홍시처럼 터진 얼굴
부르튼 손
감각은 바다에 두고
몸만 돌아온 밤

지푸라기 묶음마다
미역이 매달리고
좌판엔
미역 백 원
쇠미역 오십 원

여섯 식구의 하루가
파도에 밀려 나간다
기댈 곳은 바다뿐

달빛 아래
볼록한 그림자가
총총

바다를 밭 삼아 4
— 미역밭

이백여 미터를 늘어놓고
양 끝에서 새끼를 꼰다
두 줄을 합쳐
다시 한 줄
며칠을 길 위에 눕혀
줄은 밧줄이 된다

바닷물 먹인 밧줄 위에
포자를 뿌리고
바다로 나간다

바다는
밭이 되었다
수경은 깨지고
칼날 틀은 녹이 슬고
덴마는 부서졌다
큰 배를 올리던 등대 가락은

아궁이로 들어가
겨울을 데웠다

미역 줍던 풍경도
진저리 치던 삶도
기억하는 사람 몇과 함께
세월 속으로 가라앉고

돌미역은
해녀의 손으로 돌아가
좌판 위 한 움큼의 삶이
파도가 되어 튀어 오른다

바다를 밭 삼아 5
— 미역귀

미역에도 귀가 있다

해초의 낮은 숨결과
물고기들이 스미는 헐떡임
바다 깊숙한 울음까지 듣는다

어제는
덩치 큰 포식자에 몰린 멸치 떼가
백사장에 튀어 오르며 남긴 비명과
어부의 굵은 땀방울 떨어지는 소리
뱃머리가 물살을 가르는 숨소리를 들었고

오늘은
해안과 지붕이 맞닿은 마을에서
아침 해 솟는 웅장한 침묵과
저녁 해 노을이 무너지는 소리를
함께 듣는다

듣는 것과
들어주는 것 사이의 깊이를 아는
바다는
커다란 귀로 하루를 밭처럼 갈고 있다

바닷가에는

도시로 흩어지는 이름들 사이에서
끝내 짐을 싸지 않고
바닷가를 지키는 사람

파도가 하루에도 몇 번씩
그의 발목을 부르러 오지만
그는 거기에 있다

오랜 친구가 지나치듯 찾아와
"고맙다"고 말하면
누가 먼저 고개를 숙였는지
바다는 말하지 않는다

물고기들은 심해로 숨고
그물에는
달빛만 걸린다

아침마다 그는
빈 그물을 턴다
젖은 밧줄 사이로
소금기 어린 숨이 오른다

귀해진 생선 몇 마리
아무 말 없이
손에 얹힌다

바위에 뿌리박은 멍게
입수공으로 들이킨 바다를
출수공으로 흘려보내듯
거친 사연들도
그를 흐리지 못한다

바다의 꽃, 멍게
씹을수록 짙어지는 향처럼

그의 말수는 짧고
여운은 길다

달빛 아래
핀 박꽃, 그는

포구의 시인

새끼들 곤한 잠 깨울까
조심조심 철 대문을 나선다

창문마다 그림자놀이
새벽에 한입 떼어준 초승달
자박자박 따라온다

기세등등한 칼바람에
입김마저 하얗게 질리는
난폭한 얼음장 바다와 맞서며

불빛 가냘픈 집어등 아래
오늘의 기대에 부풀고
내일 희망의 그물을 드리운다

붉게 피어나는 햇살을 등으로 받으며
물보라를 헤친다

저만치 포구에 아낙네가 반기고
무뚝뚝한 얼굴에 구릿빛 미소가 번진다

시퍼렇게 날 세운 물살에
내일을 심으며
온몸으로 시를 쓴다

가냘픈 기적

여기,
빛을 버티던 해피트리

온몸이
타들어 가던 낮의 잔열

손길 한 번
잎사귀가 폭설처럼 쏟아진다

전정 가위가 지나간 자리
시간이 먼저 부서지고
숨이 따라온다

사흘
열흘

손 닿지 않은 등에

바람이 스치고 간 흔적
웃음이 남긴 결만
희미하게 흔들린다

떨어진 자리마다
말이 먼저 마르고

그 아래

가느다란 초록 하나

아직

양미리의 도시, 속초

양미리 하면 속초
가을이 오면 바다가 건네는 인사
없는 집에 쌀가마니 들여오듯
기대로 살이 오른다

새벽을 가르는 엔진 소리
아버지의 거친 손이 그물 위를 달리고
은빛 물결 속에서 뛰는 생명들
오늘의 바다가 오늘의 밥이 된다

어판장 찬바람 속 어머니들
언 손 비벼가며 고기를 떼어내고
끝 모를 시간에도
자식 생각하면 힘이 난다

연탄불 위에서 지글지글 익어가는 양미리
뼈째 씹어야 바다의 맛이 완성되고

조림은 부드럽게 하루를 녹이며
말린 무침은 추억을 오래 붙든다

삐거덕대는 삶의 고비
우리는 다시 항구를 찾는다
비린 바람 속에서 숨을 고르면
잊었던 기운이 돌아온다

양미리를 먹는다는 건

바다 한가운데 아버지의 등을
찬 새벽 어머니의 숨결을
잊지 않는 일
골목을 누비던 친구를
고향을
불러오는 일

오늘도 아버지는
기회의 바다로 노를 젓고
어머니는 그 하루를 받아 안는다

받는 만큼 감사하고
기다릴 줄 아는 마음

속초가 있는 한
양미리가 있는 한
아버지의 항해도
어머니의 손길도 멈추지 않는다

속초는 양미리고
양미리는 속초다

국물로 남은 꿈

남대문은
골목부터 숨이 찬다

얽힌 길목 사이
비린 냄새와 쇠 냄새가
저녁을 밀어 올린다

형광등은 오래 울어
빛의 가장자리부터 닳아 있고

얼음 위 갈치들
서로의 온기를 잊은 채
은빛을 접어 둔다

한때 바다는
몸을 펴고 지나가던 곳

칼날 같은 등으로
물살을 가르던 순간이
비늘 사이에 남아 있다

지금은
눈앞의 냄비

김이 오르는 동안
생각들은 식고
남은 것은

접시 위에 내려 앉는다

벗겨진 윤기
가시 몇 개

입안에 걸린 말들

2층 식당
온풍기는 짧고
어깨 몇 개가 겨우 닿는다

붉은 양념 아래
갈치는
다시 익어 간다

젓가락이 닿는 순간

바다가 아니라

능파대

반달처럼 휘어진 문암진리
백도 해변 끝에서
바다는 잠시 숨을 고른다

섬 아닌 섬, 육계도
몸은 육지에 기대고
머리는 바다에 누인다

타포니 기암
뒤틀린 돌의 돌마다
비어 있는 시간

겹겹이 쌓인 바위
하늘로 기울어진 틈
아래를 내려다보면
먼저 떨어지는 것은
눈이 아니라

숨

삼면이 모인 좁은 입구
바다는 들이쉬고
다시 밀려간다

세 번을 밀어 올린 물이
돌에 부딪혀
소리를 잃는다

하얗게 부서진 파도 위
닿지 않는 발자국

남은 것은
밟지 못한 자리뿐

회색 테트라포드
겹겹이 쌓여
길을 막는다

눈앞에 있으나
건너지 못하고

기록에 있으나
닿지 않는다

능파대는 오늘도

파도 대신

백도, 고독이 하얗게 쌓인 섬

만경창파 절해의 고도
억겁의 세월이
흰 서리처럼 내려앉은 섬

누굴 기다리다
저리도 풍화되었는가

한 포기 풀에도 숨을 고르고
한 줄기 햇살에도
삶을 건다

무심히 스쳐 가는 배 뒤로
지울 수 없는 그늘만 길어진다

밑바닥에서 끓어오르는 울음
섬은 오늘도
하얗게 이를 깨문다

길 위의 섬 하나
찾아오는 발길은 바람처럼 줄고
기다릴 자리마저 옅어진다

기다림으로 닳아가는 존재

퇴적된 고도

끝내 부서지며 남는

하얀 침묵

작품 해설

길이 지워진 자리에서 고요를 배우는 일

황정산(시인, 문학평론가)

1. 들어가며

인간의 삶은 대체로 소음과 소란과 그것으로 인한 심적 동요의 연속 속에 놓여 있다. 생존은 늘 외부의 압력에 직면하고, 관계는 타인의 기대와 자신의 욕망이 충돌하는 사이에서 흔들리며, 기억은 지나간 시간의 불편한 잔해를 현재 안으로 끊임없이 소환한다. 그러므로 삶은 좀처럼 고요할 수 없다. 몸은 쉽게 지치고, 마음은 오래 머물지 못하며, 언어는 자꾸만 설명하고 해명하고 변명하려 들기 때문이다. 사람들은 소음과 소란 속에서 고요를 찾기 위해 명상을 하고 힐링 캠프를 찾는다. 그러나 고요는 소란을 지우거나 소란을 피한다고 얻어지지 않는다. 오히려 고요는 소음과 동요를 통과한 뒤에야 겨우 도달할 수 있는 어떤 내면의 경지이며, 흔들려 본 존재만이 비로소 알게 되는 삶의 다른 방식이다.

송삼용의 시를 읽을 때 먼저 눈에 들어오는 것도 바로 이

지점이다. 그의 시는 눈과 바다, 참나무와 감나무, '덴마'라는 작은 배와 미역귀, 리어카와 장독대, 초인종과 지하철 같은 구체적 대상들로 가득 차 있다. 그러나 이 시편들이 궁극적으로 향하는 곳은 풍경의 제시나 대상의 묘사에 머물지 않는다. 시인은 사물을 오래 바라보고, 장면을 충분히 견디며, 그로부터 서둘러 의미를 추출하기보다 그 사물과 장면이 품고 있는 침묵에 귀를 기울인다. 그래서 송삼용의 시에는 '무슨 일이 있었다'는 정보보다 '그 일이 지나간 뒤 무엇이 남는가?'라는 물음이 더 중요하다. 이 지워진 자리에 남는 것이 고요가 아닌가 한다.

표제작 「눈이 길을 지우는 방식」은 이 시집 전체를 이해하는 하나의 관문이다. 시인은 "밤새 세상은/ 말을 지웠다"고 적는다. 눈이 지우는 것은 길만이 아니다. 길은 인간이 이동의 방향을 새겨 놓은 자취이고, 말은 인간이 세계를 해석하고 질서화하기 위해 마련한 통로이다. 그런데 시인은 눈 내리는 세계를 통해 그 길과 말을 함께 지워 버린다. 여기서 중요한 것은 방향 감각과 의미 감각이 동시에 중단되는 순간이다. 말이 멈추고 길이 사라진 자리에서 비로소 다른 차원의 감각이 열린다. 송삼용은 바로 그 자리, 인간의 언어와 습관이 잠시 무력해지는 자리에서 고요의 가능성을 발견한다.

이 때문에 『눈이 길을 지우는 방식』은 자연을 노래한 시집이라기보다 내면의 수련 과정을 보여주는 명상 시집에 가깝다. 예를 들어 그의 시 속에서 눈은 아름다운 배경으로 머물지 않고, 인간이 내놓은 흔적을 덮는 힘으로 작동한다. 또한 그의 시에 자주 등장하는 바다라는 장엄한 자연은 동시에 생계를 지탱하는 노동의 현장이며, 동시에 인간의 언어가 다 닿지 못하는 깊이의 비유가 된다. 이렇듯 송삼용 시인은 언어를 사용하지만, 그 언어의 끝에서 언어를 넘어서는 어떤 정적인 고요의 층위를 향한다. 그것은 언어적 설명으로 다 설명할 수 없는 삶의 심부이며, 시가 겨우 가까이 갈 수 있는 침묵의 경계이다.

그의 시를 좀 더 면밀히 살펴보자.

2. 상실의 풍경과 회한의 내면

송삼용의 시에서 상실은 다른 존재와의 이별이면서도 정리되지 못한 감정의 지속으로 남는다. 누군가를 떠나보낸 뒤의 공백, 닿지 못한 관계의 거리, 늙어 가는 부모를 바라보는 무력감, 유년의 결핍이 현재의 허기로 되살아나는 순간들은 모두 상실의 다른 얼굴들이다. 이 시집 속의 시들에서의 상실은 과장된 비탄보다 눌린 숨과 뒤늦은 혼잣말의 형식으로 드러난다. 그래서 더 깊다. 크게 통곡하지 않기 때문에 오히려 더 오래 남는다.

「생각은 눈처럼」은 그러한 내면의 운동을 섬세하게 보여
준다.

그랬었지
그때는 그럴 수밖에 없었다고
혼잣말처럼 중얼거린다
옳지도, 틀리지도 않았던 하루가
느리게 뒤를 따른다

아침부터 비가 내렸고
해 질 무렵엔 진눈깨비가 되었다
눈을 치우라는 문자와
누군가를 찾는 안내가 울렸다
무음 속으로 가라앉는다
도시는 잠들 준비를 한다

창밖을 보다가
낮 동안 발에 땀이 나도록 걷던 내가 낯설어진다
이유를 접어둘수록
마음은 더 많은 틈을 낸다

…(중략)…

가로등 하나가
어둠을 붙들고 서 있는 밤

부르지 못한 이름 하나
입술 위에 닿았다 사라지는 것

눈
계속
내림

—「생각은 눈처럼」 부분

시의 첫머리는 독백으로 시작한다. 이 고백 속에는 변명과 체념, 자기이해와 자기위로가 동시에 섞여 있다. 중요한 것은 이 말이 타인에게 향하지 않는다는 점이다. 그것은 자신에게 돌려주는 말이다. 삶에는 명료하게 옳고 그름을 가를 수 없는 선택들이 있다. 그래서 시인은 "옳지도, 틀리지도 않았던 하루가/ 느리게 뒤를 따른다"고 적는다. 하루는 끝났지만, 그 하루의 정서는 끝나지 않았다. 여기서 시간은 직선적으로 흘러가지 않고, 뒤를 따르는 형태로 현재를 형성한다. 이미 지나간 하루가 뒤따른다는 진술은 곧 과거가 현재를 놓아주지 않는다는 뜻이다.

이 시에서 바깥 풍경은 내면의 운동과 정확하게 호응한다. "아침부터 비가 내렸고/ 해 질 무렵엔 진눈깨비가 되었다”는 변화는 마음의 상태가 점차 응결되는 과정과 닮아 있다. 또한 “눈을 치우라는 문자와/ 누군가를 찾는 안내가 울렸다가/ 무음 속으로 가라앉는다”는 대목에서 들려오는 외부의 호출은 곧 소거된다. 울림은 있었으나 지속되지 않고, 모든 소리는 결국 무음 속으로 침잠한다. 이때 무음은 응답할 수 없거나 응답하지 못하는 삶의 상태를 드러낸다. 시의 화자는 “명절이 가까워도/ 닿을 얼굴이 없고/ 떠오르는 이름도 희미하다”고 말한다. 명절은 본래 관계를 소환하는 시간인데, 이 시에서는 오히려 닿을 얼굴의 부재와 희미해진 이름들이 두드러진다. 관계의 시간은 왔지만 관계의 실감은 오지 않는다.

무엇보다 이 시의 중심에는 “서로의 선을 넘지 못한 채/ 평행으로 흘렀던 시간”이라는 진술이 놓여 있다. 평행은 가까이 있으면서도 끝내 만나지 못하는 선들의 관계를 뜻한다. 이렇듯 송삼용 시인은 관계의 실패를 직접 고백하지 않고, 선들의 운동으로 치환함으로써 정서의 객관화를 이루어낸다. 그리고 마지막에 “눈/ 계속/ 내림”이라는 특별한 시행 배치를 보여준다. 이를 통해 시간의 종결이 이루어지지 않음을 보여준다. 눈은 멈추지 않고, 생각도 그처럼 계속 내린다. 쌓인 눈은 내면의 침전물이다. 이처럼 상실 이후의 생각이란 멎지 않는 강설과도 같다. 덮고, 가리고, 조금씩 쌓인다. 그러므로 이 작품에서 상실은 한 번의 사건이라기보다 오래 내리는 눈의 방식으로 지속된다.

　다음 시는 노년의 쇠락 앞에서 마주하는 상실을 더욱 직
접적으로 보여준다.

　　눈물은 나오지 않는다
　　눈시울만 타오르고
　　가슴이 막혀
　　숨 대신 뜨거움이 오른다

　　밤새 안녕이라 했다
　　어제까지만 해도
　　숫자보다 빠르던 맑은 정신과
　　잡초처럼 질기던 생의 의지가
　　오늘 한숨 한 번에 꺼졌다

　　한 가정을 세우고
　　세월을 떠받치던 사람
　　지금은
　　밝음과 어둠 사이
　　기억이 지워진 벼랑 위에서
　　백발의 아이가 된다

　　…(중략)…

텃밭도 숨을 멈춘다
하늘도 무너져 내린다
빗물만
소리 없이
하늘과 땅을 적신다

백발의 아이가
빗속을 건너가는 중

—「밤새 안녕이라더니」 부분

첫 연에서 이미 슬픔은 울음보다 더 깊은 신체 감각으로 전환된다. 눈물이 터져 나오지 않는 것은 슬픔이 부족해서가 아니다. 오히려 너무 깊기 때문에 쉽사리 외부로 배출되지 못하는 것이다. 이어서 시인은 "어제까지만 해도/ 숫자보다 빠르던 맑은 정신과/ 잡초처럼 질기던 생의 의지가/ 오늘 한숨 한 번에 꺼졌다"고 적는다. 이 대목은 급격한 병세의 악화로 생의 쇠락이 얼마나 예고 없이 다가오는가를 보여 준다. 어제와 오늘 사이의 간극은 너무 커서, 인간은 그 사이에 다리를 놓지 못한다.

이 시의 가장 아픈 표현은 "백발의 아이"이다. "지금은/ 밝음과 어둠 사이/ 기억이 지워진 벼랑 위에서/ 백발의 아이가 된다"는 진술은 노인을 아이로 퇴행시키는 현실의 잔혹함을 압축한다. 기억이 지워진 벼랑 위라는 표현도 생생

하다. 치매나 노쇠의 상태는 기억이 사라지는 절벽 위에 홀로 서는 일이다. 또한 "집을 떠나면/ 그 길이 곧 끝이라 믿는 당신/ 평생 붙들고 산 터전에/ 닻을 내리려는 일생"이라는 구절은 노년의 존재론이라 할 수 있다. 집은 살아온 세월의 요약이며, 마지막까지 몸이 되돌아가려는 장소이다. 그렇기 때문에 이 시에서 집은 쉼터인 동시에 마지막 경계가 된다. "텃밭도 숨을 멈춘다/ 하늘도 무너져 내린다"는 표현은 과장처럼 보이지만, 실제로는 가족을 잃어 가는 사람의 체감 세계를 정직하게 반영한다. 외부의 자연마저 함께 무너지는 듯 보이는 순간, 상실은 단지 한 개인의 일이 아니라 세계 전체의 기울어짐으로 다가온다.

「부치지 못한 편지」는 상실 이후 남겨진 자의 시간을 다룬다. "늦은 비가/ 창문을 오래 두드린다"로 시작하는 이 시는 이미 도착할 수 없는 대상에게 말을 걸어야 하는 상황을 전제한다. "돌아갈 곳이 있다는 말로/ 나는 오래 허기를 채웠다"는 구절은 집과 어머니라는 존재가 인간에게 어떤 정신적 양식이었는지를 잘 보여 준다. 허기는 먹을 것이 부족한 상태에만 쓰이지 않는다. 송삼용 시인은 이를 정서적 결핍의 차원으로 확장한다. 돌아갈 곳이 있다는 믿음 하나로도 인간은 오래 견딜 수 있다. 그런데 "이제는/ 문이 닫혔다"고 말하는 순간, 그 상징적 귀환의 장소는 소멸한다. 이 문장의 짧음은 오히려 단절의 절대성을 더 선명하게 만든다.

「눈 끝의 허기」는 유년의 가난이 현재의 허기로 되살아나는 방식을 보여 준다. "지게 다리 끌리는 작은 몸집/ 서쪽 십리 리어카에 매달려/ 산그늘로 숨어든다"는 장면은 한 세대의 노동 기억을 즉각적으로 환기한다. "고추장에 찬 시냇물 휘휘 풀어/ 깡보리밥 말아/ 허겁지겁 허기를 밀어낸다"는 대목은 궁핍한 식사 장면을 넘어서 결핍의 감각이 몸에 어떻게 새겨지는가를 보여 준다. 중요한 것은 현재의 장면에서 "배는 고프지 않는데/ 허기가 진다"고 말한다는 점이다. 이 허기는 오래전 몸이 배운 결핍의 기억이며, 삶이 다 채워지지 않는다는 감각이다. 송삼용 시인의 회한은 이처럼 단지 상실한 사람을 향하지 않는다. 그것은 지나온 자기 자신, 이미 끝난 줄 알았던 시간, 아직도 몸 안에 남아 있는 결핍의 흔적을 향한다.

이렇듯 시집의 시들이 보여주는 상실은 단순한 이별이나 결핍이라기보다는 늙어 감의 아픔이고, 어머니 부재의 공허이며, 관계의 엇갈림이고, 유년의 노동이 남긴 신체 기억이며, 닿지 못한 얼굴들에 대한 내면에의 회귀이다. 송삼용 시인은 이를 관념적 언어로 추상화하지 않고, 눈, 비, 와이퍼, 빗물, 텃밭, 리어카, 찬 시냇물 같은 생활의 이미지로 구체화한다. 그렇기 때문에 그의 상실은 보편성을 획득한다. 누구나 자신의 삶에서 비슷한 촉감을 꺼내어 대입할 수 있기 때문이다. 상실을 크게 외치지 않는 대신, 그 이후 오래 남

는 기류를 포착하는 것. 그것이 이 시집의 회한이 지닌 시적
힘이다.

3. 멈춤 지움 견딤의 시학

송삼용의 시에서 고요는 처음부터 주어져 있지 않고 대개
멈춤과 지움 그리고 견딤의 과정을 통해 겨우 형성된다. 삶
이 제 속도를 잃고, 익숙한 길이 사라지고, 몸이 즉시 앞으
로 나아갈 수 없게 될 때, 시인은 그 불능의 상태를 단순한
결핍으로 처리하지 않는다. 오히려 그는 그 불능의 자리를
오래 바라본다. 그러한 응시 속에서 비로소 다른 의미의 층
위가 열린다. 이 점에서 송삼용 시인의 시들은 전진보다는
정지의 미학을, 과잉보다는 비움의 미학을 추구한다고 할
수 있다.

앞서도 언급했던 표제작 「눈이 길을 지우는 방식」은 바로
그 정지의 미학을 압축적으로 보여 준다.

내일은 올라가자
아무도 재촉하지 않았고
나만 그렇게 말해두고 잠들었다

어스름부터

검은 머리 위 새치처럼
눈발 서넛 박히더니
밤새 세상은
말을 지웠다

…(중략)…
집 나갔던 적막이 돌아와
숨소리마저 삼켰다

넉가래에 기대
한 줄 엉성한 길을 낸다
발목을 넘고
무릎을 향해 오르는
가라앉는 소리

태고의 고요가 이러했을까
강물에도 흔들림 없는 바다처럼
쓸어내도 닦아내도
하늘은 열리지 않는다

예고 없이
세계는 다른 빛으로 덮였다

뜬구름 하나 없이

가보지 못한 북쪽의 도시처럼
잊힘이 천천히 쌓였다

…(중략)…

몸은
눈 속에 묻힌 말뚝처럼 서 있고
발을 잡아매는
흔적 없는 길

눈발이 하늘에 빗금을 긋는 동안
나는 올라가지 않는 몸으로
하루 속에 잠긴다

—「눈이 길을 지우는 방식」 부분

　　시의 시작은 자기 자신에게 건네는 다짐으로 시작한다. 그런데 밤사이 세계는 달라진다. "검은 머리 위 새치처럼/ 눈발 서넛 박히더니/ 밤새 세상은/ 말을 지웠다." 눈발을 새치에 비유한 대목은 겨울 풍경에 노화의 감각을 겹쳐 놓는다. 눈은 세월의 표식이며, 세계의 표면에 찍히는 시간의 흔적이다. 더구나 시인은 "세상은/ 말을 지웠다"고 말한다. 여기서 말은 인간이 세계를 이해하고 움직이기 위해 사용하는 체계다. 그런데 눈은 길뿐 아니라 말까지 지운다. 인간 중심

적 해석 체계가 잠시 정지되는 것이다.

이 시의 중심 장면은 "넉가래에 기대/ 한 줄 엉성한 길을 낸다/ 발목을 넘고/ 무릎을 향해 오르는/ 가라앉는 소리"라는 구절에 있다. 인간은 다시 길을 내려 하지만, 그 길은 엉성하다. 겨우 몸 하나 지나갈 정도의 미약한 흔적이다. 그 길 내기에는 소리가 있으나, 그 소리는 올라가지 않고 "가라앉는 소리"로 표현된다. 노동의 결과가 위로 솟지 않고 아래로 가라앉는다는 감각은 이 시의 사유를 잘 드러낸다. 그리고 시인은 묻는다. "태고의 고요가 이러했을까." 이 질문은 눈 덮인 풍경을 원시적 상태에 비유하는 것으로써 길과 말이 사라진 자리, 인간의 흔적이 지워진 상태를 태초의 고요와 겹쳐 보려는 상상력을 통해 가능하다. 그러나 곧이어 "쓸어내도 닦아내도/ 하늘은 열리지 않는다"고 하여 인간의 노동은 세계를 온전히 개방하지 못한다. 이때 늙은 감나무가 "바람도 있어야 열매를 맺는다"고 말한다. 멈춤의 한가운데서 건네지는 이 말은 중요하다. 흔들림과 시련이야말로 결실의 조건이라는 것이다. 결국 "나는 올라가지 않는 몸으로/ 하루 속에 잠긴다"는 마지막은 패배의 고백이면서 동시에 수용의 자세이다. 올라가지 못하는 몸은 무력하지만, 바로 그 멈춤 속에서 하루 전체가 깊어지고 내면의 사유가 열리기 때문이다.

「참나무, 고요한 결」은 견딤의 형상을 나무의 몸으로 구

체화한다. "눈보라에도/ 태풍에도/ 굽힘 없이 서야 했다"는
이 시의 첫 구절은 참나무를 하나의 실천적 존재로 형상화
한다. 이런 존재로서의 참나무는 "속살을 파고드는 풍뎅이/
휘감는 넝쿨/ 지나는 바람까지/ 모두 품으며/ 계절 없는 흔
들림 속에 서 있었다."하여 모든 것을 자신의 품에 안고 서
있는 존재로 묘사된다. 그러므로 참나무의 견딤은 배제보다
는 수용과 포용을 통해 가능하다. 이어서 "옹이가 박힌 자
리마다/ 정을 떼고/ 생을 털어내며/ 잠자리는 빈 가지 끝에
서/ 맴돈다"고 할 때, 옹이는 상처의 흔적이자 시간의 굳은
결이 된다. 견딤은 고통이 지나간 자리에 남은 결을 몸 안
에 품고 사는 방식이다. 마지막의 "참나무는/ 꼿꼿이/ 침묵
으로 말한다/ 살아 있음의 무게/ 흘러간 시간의 고요/ 그리
고/ 버텨낸 모든 날의 흔적을"이라는 대목은 다소 직접적이
지만, 이 시집 전체의 핵심 정조를 거의 압축적으로 보여 준
다. 삶의 의미를 말이 아니라 침묵에서 그리고 견딘 시간 속
에서 찾는 것, 이것이 바로 송삼용 시인의 시학이다.

　　다음 시 「목멱, 수행의 기록」은 멈춤과 견딤의 윤리를 시
쓰기의 차원으로까지 끌어올려 보여준다.

　　문장의 문을 연다
　　서원誓願 하나 품고

묻지 않으면
초심은 사라진다
매일 다시 들어선다

목멱의 바람은 무겁다
천년이 가라앉은 공기 속에서
문장은
도토리묵처럼 굳어진 채
머릿속에서, 가슴 속에서
탱글 거리며 부딪친다

…(중략)…

버티는 힘이
문장이 되어
지면의 가장자리에서
숨을 고른다

…(중략)…

안다
문장은
저절로 오지 않는다는 것

밤을 닳게 한
손끝의 가루

처음 품었던
그 서원으로

다시
문장의 문을 연다
―「묵면, 수행의 기록」 부분

첫 부분에서 시 쓰기는 반복과 자문, 초심의 갱신이라는
수련의 형식을 보여준다. 이어서 "문장은/ 도토리묵처럼 굳
어진 채/ 머릿속에서, 가슴 속에서/ 탱글거리며 부딪친다"
고 할 때, 문장은 이미 완성된 결과가 아니라 아직 풀리지
않은 덩어리로 존재한다. 이를 풀어내기 위해 필요한 것은
"천 번을 깎는 바위 곁에서/ 새벽을 맞"는 시간이다. "질타
가 옥고처럼 내려도/ 그 무게만큼/ 깊어지는 사유"라는 진
술도 중요하다. 비판과 시련은 시를 꺾는 것이 아니라, 오히
려 사유를 깊게 만드는 재료가 된다. 마지막의 "문장은/ 저
절로 오지 않는다는 것/… /다시 / 문장의 문을 연다"는 대
목은 이 시집과 시인의 시학을 이해하는 중요한 열쇠이다.
송삼용의 시는 저절로 오지 않았다. 그는 밤을 닳게 하며,
자신을 깎아 내며, 묻고 또 묻는 반복 속에서 고요를 향하는

문장을 길어 올렸다.

4. 바다의 상상력과 고요의 깊이

이 시집에서 바다는 풍경의 한 배경을 넘어서는 중심 원리로 기능한다. 그것은 생업의 현장이고, 시간의 퇴적층이며, 삶과 죽음이 맞닿는 경계이고, 인간이 끝내 다 헤아릴 수 없는 깊이의 비유이다. 특히 바다를 둘러싼 작품들에서는 지역적 삶의 구체성과 존재론적 사유가 함께 움직인다. 송삼용은 바다를 낭만적으로 소비하지 않는다. 그의 바다는 검고 차갑고 거세며, 노동의 고통과 공동체의 생존을 함께 품는다. 동시에 그 바다는 인간이 잃어버린 리듬과 침묵을 가르쳐 주는 거대한 스승처럼 서 있다.

「뎅마, 바다 위의 숨」은 바다를 생과 사의 리듬으로 읽게 만드는 작품이다. "한동네, 한날한시에/ 향불이 하나씩 타오르고/ 은은한 연기가 바람 따라 춤추네"로 시작하는 첫 부분은 공동체적 애도의 정서를 환기한다. 이 향불은 단순한 제의의 장면이 아니다. 그것은 한 마을이 동일한 비극을 함께 통과하는 집단적 호흡의 표식이다. 이어서 "어제, 작은 목선 하나/ 거센 풍랑 속에 잠겼고/ 바다는 깊은숨을 들이켰다가 내뱉었네"라고 적을 때, 바다는 사건을 삼키고 토해 내는 거대한 생물처럼 묘사된다. 여기서 바다는 인간적 슬픔과 삶의 비극을 자기 호흡 안으로 끌어안는 존재이다. 그래서 "오늘, 햇살이 물결 위를 어루만지고/ 뎬마 다시 떠올라/ 물결 위에서 숨을 고르네"라는 장면은 죽음 이후에도 삶이 계속된다는 자연의 시간, 비탄 이후에도 공동체의 따스함은 다시 이어질 수밖에 없다는 존재의 순환을 보여 준다. 이렇게 볼 때 "바다와 사람, 삶과 죽음/ 한숨 안에 이어져"라는 구절은 이 작품의 핵심이다. 삶과 죽음은 서로 다른 세계가 아닌 같은 숨 안에 놓여 있다.

「바다를 밭 삼아 5 ― 미역귀」는 청각적 상상력을 통해 바다의 깊이를 새롭게 풀어낸다. "미역에도 귀가 있다"는 첫 문장은 대상의 전환을 단숨에 이끈다. 해초는 단순한 사물이기보다는 듣는 존재, 더 나아가 들어주는 존재가 된다. 시는 "해초의 낮은 숨결과/ 물고기들이 스미는 헐떡임/ 바다 깊숙한 울음까지 듣는다"고 적는다. 이때 듣는다는 것은 살아 있는 것들의 고통과 운동을 자기 몸 안으로 통과시키는 행위이다. 이어서 "어제는/ 덩치 큰 포식자에 몰린 멸치 떼가/ 백사장에 튀어 오르며 남긴 비명과/ …중략…/ 오늘은/ 해안과 지붕이 맞닿은 마을에서/ 아침 해 솟는 웅장한 침묵과/ 저녁 해 노을이 무너지는 소리를/ 함께 듣는다"고 할 때, 들리는 소리의 범위는 생존의 비명에서 해 뜨고 지는 우주의 리듬까지 확장된다. 마지막의 "듣는 것과/ 들어주는 것 사이의 깊이를 아는/ 바다는/ 커다란 귀로 하루를 밭처럼 갈고 있다"는 구절이 아주 중요하다. 송삼용의 시에서 고요는 많은 것을 듣고 난 뒤 도달하는 깊이다. 바다는 귀를 크게 열어 하루를 갈아엎고, 그 갈아엎음 속에서 삶의 소리들을 다시 품어 낸다. 이 시는 곧 시인의 작업 자체에 대한 비유로도 읽힌다. 시인은 듣는 자이며, 더 나아가 들어주는 자여야 한다는 것이다.

다음 시 「포구의 시인」은 송삼용 시인이 노동을 어떻게 시로 전환하는가를 잘 보여 준다.

새끼들 곤한 잠 깨울까
조심조심 철 대문을 나선다

창문마다 그림자놀이
새벽에 한입 떼어준 초승달
자박자박 따라온다

기세등등한 칼바람에
입김마저 하얗게 질리는
난폭한 얼음장 바다와 맞서며

불빛 가냘픈 집어등 아래
오늘의 기대에 부풀고

내일 희망의 그물을 드리운다

붉게 피어나는 햇살을 등으로 받으며
물보라를 헤친다
저만치 포구에 아낙네가 반기고
무뚝뚝한 얼굴에 구릿빛 미소가 번진다

시퍼렇게 날 세운 물살에
내일을 심으며
온몸으로 시를 쓴다

—「포구의 시인」 전문

"새끼들 곤한 잠 깨울까/ 조심조심 철 대문을 나선다"는 시작 부분은 생계를 위한 노동과 부성애를 짧지만 선명하게 압축해 보여준다. 이어서 "불빛 가냘픈 집어등 아래/ 오늘의 기대에 부풀고/ 내일 희망의 그물을 드리운다"는 구절은 단순하고 반복적인 어부의 노동을 희망을 향한 노력으로 읽게 만든다. 중요한 것은 그 희망이 막연한 미래로서가 아닌 당장 오늘과 내일의 생계와 결부되어 있다는 점이다. 마지막의 "시퍼렇게 날 세운 물살에/ 내일을 심으며/ 온몸으로 시를 쓴다"는 대목에서 어부의 노동은 문자적 행위로서의 시 쓰기를 넘어선다. 생을 떠받치는 몸의 작업 자체가 이미 하나의 시 쓰기가 된다. 이렇듯 송삼용에게 시는 책상 위에서만 이루어지지 않는다. 삶의 가장 거친 현장을 견디는 몸의 자세 속에 그의 시가 있다.

「능파대」는 바다의 장엄함과 인간 언어의 한계를 동시에 드러내는 작품이다. "반달처럼 휘어진 문암진리/ 백도 해변 끝에서/ 바다는 잠시 숨을 고른다"는 구절에서 바다는 이미 호흡하는 존재로 제시된다. 이어서 "타포니 기암/ 뒤틀린 돌의 돌마다/ 비어 있는 시간"이라고 적을 때, 지형은 지질학적 대상이면서 시간이 새겨진 기록물이 된다. 특히 "아래를 내려다보면/ 먼저 떨어지는 것은/ 눈이 아니라/ 숨"이라는 구절이 뛰어난 대목이다. 능파대 앞에서 인간은 시각보다 호흡으로 먼저 반응한다. 경외의 감정은 눈보다 숨을 먼저 빼앗는다. 또 "세 번을 밀어 올린 물이/ 돌에 부딪혀/ 소리를 잃는다"는 구절은 바다의 힘이 소멸하지 않고 소리 없는 힘으로 전환되는 순간을 보여 준다. 무엇보다 마지막의 "능파대는 오늘도/ 파도 대신"은 미완의 형식으로 끝난다. 왜 끝내지 않았을까? 능파대가 보여 주는 풍경과 깊이는 닫힌 문장으로 포획하기 어렵기 때문이다. 완결하지 않음으로써 시는 오히려 자연의 압도적 침묵에 더 가까이 다가간다.

송삼용의 바다 시편들은 이런 식으로 노동과 생태, 생과 사, 소리와 침묵, 남음과 떠남을 함께 품는다. 그의 바다는 삶의 현장인 동시에 사유의 산실이다. 인간은 바다 앞에서 자신의 작은 몸을 깨닫고, 노동의 한계를 배우며, 흘려보내는 법과 들어주는 법을 익힌다. 그 결과 바다는 단순한 배경을 넘어 이 시집의 가장 깊은 사유 공간이 된다. 고요는 육지의 정적 속에만 있지 않고 수많은 소리를 품은 바다의 움직임 안에 더 깊은 형태로 있음을 이 시집의 시들은 보여준다. 송삼용 시인이 궁극적으로 향하는 경지도 바로 그 바다의 심연과 맞닿아 있다해도 과언은 아니다.

5. 시간을 건너는 언어와 미완의 종결어미

송삼용의 시가 지닌 또 하나의 중요한 성취는 시간 감각과 문장 종결의 방식에서 드러난다. 그의 시는 현재의 장면을 그리면서도 늘 과거의 층위를 함께 데려온다. 유년의 노동과 가난, 노부모의 몸, 돌아가신 어머니의 빈자리, 바다를 삶의 터전으로 삼았던 공동체의 시간, 목면에서의 수행 같은 경험들은 현재의 시점 속에서 다시 살아난다. 이때 과거는 회상의 대상에만 머물지 않는다. 그것은 현재를 조직하는 내면의 구조로 기능한다. 지금의 허기는 과거의 결핍과 연결되어 있고, 지금의 침묵은 오래전 잃어버린 목소리들과 관계하며, 오늘의 바다는 선대의 노동과 죽음을 함께 품고 있다. 그래서 이 시집의 시간은 하나의 현재가 아니라 여러 시간대가 중첩된 두터운 현재이다.

이러한 통시적 깊이는 시인이 선택하는 어휘들 속에서도 분명히 드러난다. 넉가래, 장독대, 삽작문, 덴마, 미역귀, 쇠미역, 리어카, 집어등, 장대 같은 말들은 단순한 사물명이 아니다. 그것들은 그 말이 쓰이던 삶의 환경과 세대의 기억을 함께 실어 나른다. 송삼용은 이런 단어들을 통해 사라져 가는 생활 세계의 결을 시 속에 보존한다. 현대의 표준화된 언어가 놓치기 쉬운 지역성과 생활성, 몸의 노동과 공동체의 체취가 바로 이런 말들 속에서 살아난다. 이 점에서 그의 시는 생활사적 기록보관소가 되기도 한다.

그러나 이 시집의 형식적 특징 가운데 가장 눈에 띄는 것은 미완의 종결어미이다. 송삼용은 문장을 닫는 대신 열어 둔 채 끝내는 경우가 많다. 이미 살펴본 「생각은 눈처럼」의 "눈/ 계속/ 내림"이 그렇고, 「부치지 못한 편지」의 "이제는/ 제가"가 그렇다. 「눈 끝의 허기」는 "고추장에 찬물 휘휘 저어/ 하얀 쌀밥을"에서 멈춘다. 「바다를 밭 삼아 3」은 "달빛 아래/ 볼록한 그림자가/ 총총"으로 끝나고, 「능파대」는 "능파대는 오늘도/ 파도 대신"에서 끊긴다. 문체적 특이점으로 지적될 수 있는 이 끊김들은 삶이 쉽게 마침표로 닫히지 않는다는 인식의 형식적 구현이다.

예를 들어 「부치지 못한 편지」의 "이제는/ 제가" 뒤에는 수많은 말이 잠재해 있다. 이제는 제가 당신 몫까지 살아가겠습니다, 이제는 제가 그 집을 지키겠습니다, 이제는 제가 참았던 숨을 내려놓겠습니다, 이제는 제가 어머니가 남긴 자리를 이어가겠습니다. 시는 이 모든 가능성을 하나로 확정하지 않는다. 그 대신 문장을 비워 둔다. 그러면 독자는 그 빈칸에 머물며 자신만의 말을 덧대게 된다. 상실 이후의 말은 언제나 충분하지 않기 때문이다. 이 불충분성을 문장 종결의 방식으로 드러내는 것이야말로 송삼용 시가 보여주는 형식적 성취가 아닌가 한다.

또한 「능파대」의 "파도 대신"이라는 종결은 자연 앞에서 인간 언어가 어디까지 나아갈 수 있는가를 묻는다. 파도 대신 무엇이 남았는가. 침묵인가, 막힌 길인가, 닿지 못한 자리인가, 혹은 부서진 소리 대신 밀려오는 숨인가. 시는 답을 확정하지 않는다. 능파대라는 장소 자체가 하나의 미완의 질문으로 남기 때문이다. 자연은 인간이 완결된 문장으로 소유할 수 있는 대상이 아님을 시인은 이런 형식적 표현으로 에둘러 보여준다.

「생각은 눈처럼」의 "눈/ 계속/ 내림" 역시 눈여겨볼 필요가 있다. 이 시의 마지막은 문장의 종결이라기보다 상태의 지속이다. 내림이라는 명사형은 사건의 완료를 뜻하지 않는다. 오히려 계속 중인 적설의 모습, 끝나지 않는 사유의 운동을 나타낸다. 상실과 회한이 현재완료형으로 끝나지 않고 진행형으로 남아 있다는 사실이 이 종결 하나에 압축되어 있다. 「눈 끝의 허기」가 "하얀 쌀밥을"에서 끝나는 방식도

비슷하다. 먹는 행위는 적히지 않고, 허기는 끝내 완전히 채워지지 않는다. 허기를 말하는 시가 식사의 완료보다 그 앞의 동작에서 멈춘다. 그것은 삶의 결핍이 늘 다음 문장을 남겨 두기 때문이다.

이런 미완의 종결은 곧 고요의 형식이기도 하다. 모든 것을 설명하고 완전히 닫아 버리는 문장은 그 자체로 소음을 발생시킨다. 반면 송삼용의 문장은 마지막에서 한 발 물러선다. 독자를 밀어 넣기보다 머물게 하고, 결론을 선언하기보다 여운을 남긴다. 그 여운이야말로 그의 시에 고요를 깃들이게 하는 자리이다. 시인은 말을 하되 말을 다 하지 않는다. 이 절제는 삶에 대한 송삼용 시인의 인식을 잘 보여준다. 인간의 삶은 미완이고, 상실은 종결되지 않으며, 자연은 언어로 다 포획되지 않는다. 그렇기 때문에 시는 닫히지 않은 채 남아 있어야 한다. 송삼용 시인의 미완의 종결어미는 바로 그 세계관을 형식으로 옮긴 결과다.

한편 이 미완의 종결은 통시적 사유와도 깊이 연결된다. 시간이 두텁게 겹친 삶에서는 어떤 사건도 완전히 끝나지 않는다. 유년의 가난은 현재의 허기로 남고, 죽은 어머니의 부재는 비워 둔 자리로 현재에 남으며, 바다의 노동은 오늘의 어부 몸 속에서 선대의 기억을 다시 살린다. 과거가 이렇게 현재 안에 계속 작동하기 때문에 문장도 쉽게 끝낼 수 없다. 송삼용의 시가 종종 열린 끝맺음으로 머무는 까닭은, 삶

자체가 아직 끝나지 않은 시간들의 중첩으로 이루어져 있기 때문이다.

6. 맺으며

이 시집 『눈이 길을 지우는 방식』은 상실과 노동, 노쇠와 기억, 자연과 생활, 바다와 침묵을 함께 품은 시집이다. 그러나 이 시집의 진짜 힘은 그것들을 나열하는 데 있지 않다. 더 중요한 것은 그러한 삶의 재료들이 한 방향의 정조, 곧 고요를 향한 사유로 수렴된다는 점이다. 송삼용의 시에서 고요는 상실을 통과하고, 멈춤을 견디고, 지워진 자리를 오래 바라본 끝에 가까스로 얻어지는 내면의 경지이다. 그래서 그의 고요에는 늘 흔들림의 흔적이 남아 있다. 눈보라를 맞은 참나무의 옹이, 기억이 지워진 벼랑 위의 백발의 아이, 발목을 부르러 오는 파도, 달빛만 걸린 빈 그물, 끝내 부치지 못한 편지의 남은 문장들이 그 고요의 내부를 이루고 있다.

이 시집을 관통하는 사유의 방향은 분명하다. 인간은 모든 것을 붙잡을 수 없고, 길은 언제든 지워질 수 있으며, 살아 있는 일은 종종 설명보다 견딤을 요구한다. 그러나 그 사실이 곧 절망을 뜻하지는 않는다. 오히려 송삼용 시인은 바로 그 한계의 인식 속에서 삶의 품위를 찾는다. 길이 지워졌다고 해서 삶이 끝나는 것은 아니며, 올라가지 못하는 몸으로 하루 속에 잠기는 순간에도 인간은 배울 수 있다. 참나무는 침묵으로 말하고, 미역귀는 들어주는 귀를 가진다. 바닷가 사람은 거친 사연을 들이켰다가 흘려보내고, 문장을 쓰는 사람은 밤을 닮게 한 손끝의 가루 속에서 다시 문장의 문을 연다. 이런 존재들은 모두 소음의 한가운데서 고요를 길어 올린다.

송삼용의 시가 오늘의 독자에게 의미를 갖는 이유도 여기에 있다. 우리는 지나치게 많은 말, 지나치게 빠른 판단, 지나치게 즉각적인 반응 속에서 살고 있다. 그러나 삶의 중요한 진실은 대개 그렇게 빨리 드러나지 않는다. 상실은 시간이 지나야 그 깊이를 알 수 있고, 관계의 실패는 뒤늦은 혼잣말 속에서야 정체를 드러내며, 자연의 침묵은 오래 바라본 뒤에야 비로소 말을 걸어온다. 송삼용의 시는 그 느린 시간을 복원한다. 『눈이 길을 지우는 방식』은 침묵을 통해 더 많은 것을 말하는 시집이며, 소멸의 자리를 통과하여 더 깊은 생의 의미에 닿는 시집이다. 길이 지워진 자리에서 고요를 배우는 일. 이 시집은 그 느리고 단단한 배움의 기록이다.

시결시인선 01

눈이 길을 지우는 방식

초판 발행일	2026년 4월 30일

지은이	송삼용
펴낸이	고미숙
편 집	채 들
발행처	쏠트라인saltline

신고번호	제 2024-000007호 (2016년 7월 25일)
등록번호	206-96-74796
제작처	04549 서울특별시 중구 을지로18길 24-4, 303
	31565 충남 아산시 방축로 8 , 101-502
이메일	saltline@hanmail.net

ISBN	979-11-92139-95-1 (03810)
가격	13,000원